유미의 세포들에 보내주신
응원과 사랑에 행복했습니다!
함께해 주셔서 감사합니다 ♡♡

이동건

유미의 세포들

유미의 세포들

10

글·그림 이동건

위즈덤하우스

목차

연결고리 3

고등학교 육상부에 있을 때

준비!

나를 싫어하는 애가 있었는데

바로 쟤!

찌릿!!

육상부 에이스 김지은. 쟤 나 엄청 싫어한다.

내가 기록이 점점 좋아지니까 견제하는 건지 노골적으로 째려보는 게 느껴진다니까.

다다다다!!!!!

저거 봐! 저거 봐! 봤지?!

찌릿!!

쟤 때문에 불편해 죽겠어! 뭐 어쩌라고!

싫어하는 애를 이겨서
코를 납작하게 해줬는데도
기분이 좋지가
않다.

이제 나를 더
싫어하겠네…

아니 오히려 불안해졌다.

?!!

찌릿!!

자존심 상해서
화가 엄청 났나 봐.

어디 보자…
오늘 새로 추가된 시러시러는
김지은, 싫은 사람한테 지는 거.

오늘은
이 두 개가 끝인가?
이제 퇴근해야겠다.

오늘 내 업무 끝났으니까 나 찾지 말라고 전해.

얘들아, 지금 밖에 난리 났어!!!

-불안 세포-

수돗가에서 김지은이 기다리고 있어 !!!!!

왜!!!!

뭐… 뭔데? 나랑 싸우기라도 할 생각이야??

덜 덜 덜

피할 이유 없어! 유미는 겁쟁이가 아니거든?!

아냐. 겁쟁이 맞음. 피하자~

휙!

아… 어떻게 해?!
쟤 진짜 나랑 싸울 건가 봐!!!
교무실로 도망갈까?

김유미!

퉁!

아냐! 그런다고 상황이
해결되는 건 아니야!
화내면 바로 사과한다!
오케이?!

오케이!!!

372

연결고리 4

이미 알다시피
유미가 한번 마음의 문을
닫아버리면

콩!
콩!

어떤 방법을 써도
들어올 수가 없어요.

비밀번호 또한
길고 복잡해서
열기가 쉽지는 않죠.

후훗! 심지어
나도 잘 몰라

그렇다고
절대 못 들어
오는 건 아니에요.

귀여운 애들은
프리 패스를 갖고 있어서
그냥 통과할 수 있답니다.

문 열어라.

?!!

얘는… 누구죠?

아… 얘요?

쿠궁!!!

문 열라고.

네… 넵. 열겠습니다!

오늘… 날씨가 좋아서 데리고 왔습니다. 혹시 불편하실까요?

끙~

아뇨 아뇨, 불편하지 않아요.

강아지!! 말티즈!!! 넘 귀엽다!!!!!

두근!

두근!

순간 유미 몸속에 있던
강아지 소모임
회원들이 바빠졌다.

강아지 소모임

와아!!!

개 쇠고!

우르르!!

멍멍!!!

말티즈라고 말티즈!!!
밖에 말티즈가 떴다!!!!!!

와아아!!!

-이성 세포-

니들
뭐 하는 애들이야?!!
단체로 미쳤어?!

그래! 미쳤다!
와하하하!!!!

강아지!!!

넌 귀엽다
강아지…

쓰담쓰담
해봐도 될까요?

네, 그럼요.

삼겹살은 다 좋은데 냄새가 잘 안 빠져서…

지글~

지글~

불판 하나 새로 사야겠어

이 사람에게서 좋은 향기가 난다.

향기가 좋은 인간이니까 1단계로 가자.

오케이! 1단계 갑니다!

꾸욱!

살랑~

살랑~

꼬리 흔들기 1단계.

강아지의 귀여움에 너무 취하게 되면
개와 대화를 시도하는 상태로
돌입하게 된다.

너도 나 맘에 드니?
나도 너 맘에 드는데.

안녕,
넌 이름이 뭐니?

컨트롤 비라고
해요.

……

물론 대답은 개 주인이 한다.

컨트롤 비?

비.

아… 브이.

아 뭐예요.
개 이름에까지…
예쁘게 좀 지어주지.

이름 예쁜데?

잠깐!
우리 컨트롤 제트랑
냉전 중 아니었어?

아 맞네…

그깟 강아지한테 정신 팔려서
컨트롤 제트가 한 짓을 잊었냐?

정신 좀 차려!!!!

-이성 세포-

이것들 쪽수 봐라?
우글우글 몰려서!!!

즐거운 시간들
보내.

컨트롤 제트는 맘에 안 들지만
컨트롤 브이는 넘 좋다.

강아지가 있어서
카페에 들어가긴
좀 곤란할 것 같은데.

저는
상관없어요.

공원 벤치에서
간단하게
자료 확인하죠.

yumiiii****

yumiiii**** 귀엽당
#나도 #강아지 #귀엽

누구 개지??

373

빵 터질 수밖에 1

이 세포는 남자보다는

주로 여자들에게서 많이 발견되는 편이다.

큭!!!!!

빵!

〈빵빵 세포〉
재미를 느끼면 웃음 풍선을 터트려 웃게 만든다.

ㅋㅋㅋㅋㅋ
ㅋㅋㅋㅋㅋ
ㅋㅋㅋㅋㅋ
ㅋㅋ

아이고 배야!!!

…쟤는 뭐가 그렇게도 재밌을까?

놔둬, 수명도 짧다는데.

수명이 짧아?

몰랐어? 빵빵 세포는 20대 중반을 넘기기 힘들다잖아.

쟤 아직도 웃고 있어.

야!
너 미쳤냐?
그만 처웃어.

다은아 설탕 좀
더 부어봐.

네!

빵!

ㅋㅋㅋㅋㅋ
ㅋㅋㅋㅋㅋ

쟤는
미쳤냐는 말도
웃기나 봐.

…진짜
미친 거 아니야?

푸흡!!!

ㅋㅋㅋ큭!!

빵!

??!

?!

근데 너도 얼굴에 소스 묻었어.

오른쪽 턱에.

저도요?? 어디요???

여기요?

?!!!!!!

거긴 왼쪽이잖아.

빵!

!!!!!!!

ㅋㅋㅋㅋㅋㅋ
사장님 보고 ㅋㅋㅋ
거울 보는 줄 알고 ㅋㅋㅋㅋㅋ
오른쪽인데.

빵빵 세포는 생명력은
짧지만

강력한 전염성을
갖고 있어서

ㅋㅋㅋㅋㅋ
나 완전 ㅋㅋ
ㅋㅋ 바보같이
ㅋㅋㅋㅋ

웃음 포인트가
달라도

주변 사람에게도 빠르게
웃음을 전염시켜버린다.

미치겠다 진짜.
하하하하하하.

하지만 웃음 총량의 법칙이란 것이
있어서 발생한 웃음만큼
어디선가는 웃음이 사라지게 된다.

그게 뭐가
웃겨?

……

하하하!!

난 너무
웃긴데요
ㅋㅋㅋㅋ
ㅋㅋㅋㅋㅋ

여기서 발생하는
웃음의 양 X3만큼

유미의 심기가
불편해졌다.

쾅! 쾅!

난폭 세포가
나오려고
하고 있어!

쾅!
마음속
깊은 곳
쾅!

본심 세포도
나오려고 해!

커피 좀 사 왔어.

저 두 사람은 같이 일하는 사이니까
화기애애한 건 당연한 거야

티는 안 냈지만
좀 신경 쓰였다.

그건 아는데

누가 몰라 그걸?

나도 아는데 싫다고!

374

빵 터질 수밖에 2

내가 바쁜데
온 거 아니야?

아냐, 아직
준비 중이었어.

반가워요,
김유미라고
해요.

?!

앗! 안녕하세요.
말씀 많이 들었어요!
유다은입니다!

유다은?
유?! 유?!!

같은 유 씨.
동성동본!!!!

-예의 세포-

됐어!!!!

됐어, 상황 종료!
어차피 이루어질 수
없는 사이!

그거 폐지된 지가 언젠데!
둘이 결혼 가능!!!

-설레발 세포-

펵!

둘이 결혼을 왜 해!
정신 차려!!!

-이성 세포-

쓸데없는
소리 좀 그만해.
표정에 드러난단 말이야.

-이성 세포-

커피.

감사합니다!

일하는 건
어때요?
힘들지 않아요?

아뇨.
재밌어요.

사장님
너무
재밌으세요!

???

????

바비가?

네!
재밌으시잖아요!

-이성 세포-

솔직히 우리 바비
잘생기고 다정하고
다 완벽하지만
말을 재밌게 하는 편은
아닌데??

그래서 우리 바비
노잼이다??

그런 의미가
아니고...

-사랑 세포-

바비는 약간
진지한 사람이잖아.

우리 바비
고리타분하다?

나한테
왜 이러는데!!

알았어!
바비 재밌어!
됐지?

뿌슝!

그쵸 바비 재밌죠...
근데 어떤 점이?

아니 아니,
아까도
소스 만들 때

뺭!

ㅋㅋㅋㅋㅋ
ㅋㅋㅋㅋㅋ

ㅋㅋㅋㅋㅋ 얼굴에 막 ㅋㅋㅋ
소스가 ㅋㅋㅋㅋㅋ 얼굴에
ㅋㅋ 묻었는데 ㅋㅋㅋㅋ 묻은 곳만
빼고 ㅋㅋㅋㅋㅋㅋㅋ

뭔 말이야!!!

뭔데!!
너만 웃지 말고
나도 알려줘!!!!

대체 뭔 일이
있었길래???

나와라!
번역 세포!!!

〈번역 세포〉
울거나 웃으며 말하는 사람의
대사를 차분하게 듣고
이해하는 세포.

…그래 저 나이 때는 다 재밌지 뭐.

밝고 귀엽고 에너지 넘치고… 부럽네.

다은아, 소스는 냉장실에 넣어놔.

넵!

다은 씨 엄청 귀여운데?

?!!!

!!!!

연애를 하다 보면 한 번은 꼭 출제되는 문제!

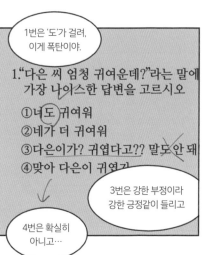

375

빵 터질 수밖에 3

다은이 귀엽지.

그리고 유미는 사랑스럽고.

사랑스럽다는 말에 놀랐지만

!!!!!!

이 다음 멘트는 정말 예상하지 못한 것이었다.

그럼 바비는?

?!!!

이건!!!! 지 이름 부르기?!!

뚜둥!!!!

빵!

아!
하하하하하하
하하하하하하.

뭐야!
유바비!

〈지 이름 부르기〉
루비의 주력 기술이었지만
루비 자신도 성공시킨 적이
없는 초고난도 암흑 애교술.

루비가
할 수 있는데...

그 위험한 기술을 바비가 사용했다!

내가 아는 바비 맞아?
하하하하하하!!!

바비가 이런
기술을 쓸 거라곤
전혀 예상
못 했어...

-사랑 세포-

이런 날씨라면 유미도 이런 기술을 사용할 수 있지 않을까?

2급 애교술? 괜찮을까?

바비의 애교에 힘입어 유미도 기술을 구사했다.

하하하하하. 뭐야 너!

철썩!!

〈네 어깨에 스파이크 서브〉 스킨십과 애교 두 마리 토끼를 동시에 잡는다! 타이밍의 예술이라고도 불리는 2급 애교술.

바비는? 우리 바비는 다정하고 재밌지! 크크큭.

〈우리 우리 마수리〉 상대의 이름앞에 '우리'를 붙여 친밀함을 85% 증가시키는 기술.

재밌다는 말은 너한테서 처음 들어봐.

아냐 재밌어. 재밌어 유바비.

너한테서 처음 들어본다.
=다른 사람에게는 많이 듣는다.
=다은이는 늘 내가 재밌대!

너도 좀 적당히 해!!!

퍽!

-불안 세포-

기다렸다가 끝나면 같이 갈래?

커피 전해주러 잠깐 들른 거야. 너 끝날 때 올 수 있음 다시 올게.

위잉—

?!

유미 작가님

여자 주인공이 빵 터지는 장면으로 바꿔달라고 한 거 그거 어떻게 바꿀까요?

타닥—

타닥—

아...맞다! 실은 아직 저도 딱히 아이디어가 없는데 ㅠㅠ

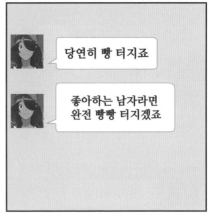

오늘도 고생했어.

사장님도 고생 많으셨어요.

너 그렇게만 입고 왔어?

네 헤헤. 밤에 이렇게까지 추워질 줄 몰랐어요.

친절과 개오바의 경계선이 애매하다는 사람들도 있지만 난 친절과 개오바를 명확하게 구분할 수 있다.

알바생에게 겉옷 벗어주는 거?

그건 개오바 아니야.

그건 껄떡대는 거래.

껄떡?!!!

-개오바 세포-   -이성 세포-

쟤 추워서 벌벌 떨잖아! 감기라도 걸리면 어쩌려고!

지 몸은 지가 챙겨야지, 누가 챙겨줘.

다은이 감기 걸려서 일 못 나오면 혼자 요리하고 서빙하고 다 어떻게 하라고?!!

벌러덩!!!

잠깐! 입던 옷 벗어주는 게 개오바면 가게에 있는 옷을 빌려주는 건?

그건 개오바 아니지 않나?

잠깐만.

이거 입고 가.

야… 너 그러다가
감기 걸리겠다.

역전재판 1

< 19   바비

아직 퇴근 전이지?

아니 방금 문 닫고
가는 길이야 왜?

헉! 잠깐 거기서 기다려!

나 근처에 왔어
너 퇴근할 때 같이 가려고~

서둘러야겠다!

오늘은 좀 일찍
끝났네?

어?

어???

자주 보네요?!

사장님
만나러 가세요?

네.

아까 커피
너무 맛있었어요!

그래요?
다음에도 거기서
사 가야겠네.

?!!

잠깐만!

휙!

어…? 저 옷.

내 눈은
못 속여.

-패션 세포-

아무리 어둡고
아주 잠깐 스쳤다
할지라도

내가
모를까 봐?

저 잠바
바비한테도
있는데!!!

되게 -신기~

……

이상하다는
생각은 안 들어?

-명탐정 세포-

입고 있는 잠바가
다은 씨가 입기엔
너무 크잖아!

아… 맙소사!

이제 좀
상황이 파악됐어?

다은이 쟤 뭐야!!!

오버핏으로
입을 옷이 아닌데!
오버핏으로
입었잖아!!!

딱 맞게
입어야 이쁜데…

저거 봐! 바비는 오늘 롱가디건 입고 왔잖아.

설마 저 위에 잠바까지 입었겠냐? 이제 됐지? 불안 끝?

그냥 부르지. 내가 갈 텐데.

퇴근 같이 해주려고 왔지 히힛.

오늘 날씨도 되게 추운데…

오늘 춥지 않냐는 바비의 말에 아까 그 옷이 왠지 바비 것이 맞을 것 같은 느낌이 듭니다!

찌릿!!

아니. 오늘 그렇게 춥지 않은데?

오히려 살짝 또근한 느낌이던데?

그거 진짜로 바비 옷이었나?? 춥다고 입고 가라고??

물어봐??

맞다, 오다가 다은 씨 봤어.

?!

연애 중에는 늘 문제가
발생한다.

아무런 문제 없이
연애한다는 건 불가능하다.

그래서 중요한 건
어떻게 해결하느냐는 것이지.

쿠궁!!!!

지금부터 재판을 시작합니다!

!!!!

맞다, 오다가 다은 씨 봤어.

=다은이가 입고 있는 옷 설명 좀.

지금부터 재판을 시작하겠습니다. 유미 측 심문하세요!

쿠궁!!!!!

됐고! 다은이가 입고 있는 옷 뭔데?!!!!

꺅!!

어?! 쟤 당황한다!! 당황하면 범인!

다은이가 입고 있는 옷 바비 거야?? 대답해 어서!

대답 못 하면 범인.

근데 다은 씨가 입고 있는 잠바 네 거야?

5! 4! 3! 2! 1! 땡!!!

바비가 범인이다! 모든 혐의를 인정했어!!!

?!!

혐의라니! 그렇게 말하니까 내가 꼭 죄지은 거 같잖아 하하하.

상황 설명을 해줄게.

다은이가 입고 있는 잠바의 진실

드르륵!

퍽!

잠바 빌려준 거 맞냐고.

......

쿵!!!

응, 맞아.
내가 빌려줬어.

바비 측
변론하겠습니다
!!!!

오늘…

내가 알바생에게
바비 옷을 빌려준 건

경영학적 관점에서
바라봐야 해!

오늘처럼 기온이
뚝 떨어진 날
얇게 입고 온
알바생이

콜록! 콜록! 사장님...
저 감기에 걸려서 콜록!
오늘 하루 쉬어야 할 것 같아요

감기라도 걸려서
다음 날 일을 못 나오면

노동력 감소로 이어지고 생산성이 떨어진 가게는 매출이 하락하게 된다!

하지만 이 말을 그대로 하면 구질구질해지니까 이렇게 요약한다!

오늘 갑자기 너무 추워져서 말이야.

딱 한 명 있는 알바생이 감기라도 걸리면 곤란하잖아.

인정할 수 없습니다! 재판장님!

다은이는
내가 데리고 있는 직원이니까
챙겨야 할 것 같아서.

유미 측
반론합니다!

그게 아니고
내 말은…

콱!!

야!
너 좀 빠져!

으악!!!

휭!!

나는 당연히
바비를 믿지!

바비에 대한
믿음은 흔들리지
않아!

그럼 재판
끝?

아직 모르겠어?!
네 죄는 바로
심쿵죄야!!!!!

심쿵죄?
그게 뭐야?

그러다가 혹시라도
다은 씨가 오해할 수도
있으니까.

?!!!

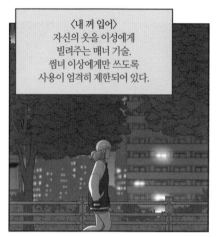

〈내 꺼 입어〉
자신의 옷을 이성에게
빌려주는 매너 기술.
썸녀 이상에게만 쓰도록
사용이 엄격히 제한되어 있다.

썸 탈 것도 아닌데
옷을 빌려줬다?

그럼 그놈이 범인이다.

타이밍 1

그러다가 혹시라도 다은 씨가…

늦은 시간까지 야근하느라 고생했어.

점심 때 삼겹살을 지원해 준 출출이에게 박수를 보내자!

!!!!!

오늘 우리가 만든 작품이 역대급이라는 사실을 잊지 마!

-장-

난 너희들 모두 자랑스럽다.

그럼 작품은 내일 아침에 출품하는 거야?

기다릴 거 뭐 있어? 당장이라도 세상에 선보이자!

…배 아프다.

그러다가 혹시라도
다은 씨가 오해할 수도
있으니까.

오후에 삼겹살을
너무 먹었나?

소식 들었어?
지금 장 세포 녀석들이
역대급 작품을 만들었대!!!

왜 지금 만들어?!!
걔들 새벽에 일하는 거
아니었어?!

더 큰 문제는
역대급 작품을
당장 세상에
선보이겠대.

돌아버리겠네
진짜…

다 됐고
지금 1급 상황이야!
바비 집에 가는 계획은
취소한다!!!

모든 작전을 취소하고
집으로 귀환한다!!!

유미를
집으로!!!

왜 때문인데?!!!!

-응큼 세포-

장에서 뭔가
사고를 쳤대.

왜!!!
왜!!!
왜!!!!!!

속상하다.

왜 하필 지금인 건데?

-출출 세포-

왜냐고 묻지 마.

인생은 늘 '왜?'의 연속이잖아.

얼굴 봤으니까 됐어.
조심히 들어가.
난 길 건너서 택시 탈게.

…방금 왔잖아?
왜 벌써 가?

그래! 이런 상황에
갑자기 간다고 하면
화나서 가는 것 같잖아!!!

출품을 조금
미뤄달라고 해!!

이것들이 전화를
안 받아!!!

영차!!

영차!!

-본심 세포-

어렵게 생각하지 말고
그냥 "똥 마려워 바비야"
라고 해!

마음속
깊은 곳

이런 미친 xx가!!!
말 함부로 하네?!

콰!

그렇게 쉽게 말하지 마!
사랑하는 사람에게 그런 말…

쉽지 않단 말이야.

오늘은 나도
좀 피곤해서…

다은이한테 옷을 빌려줘서 기분이 많이 상한 걸까?

심지어 나와 눈도 마주치려 하지 않는 그녀.

과거의 악몽이 되살아나는 것 같아!!!

내가 또!!! 개오바를 한 건가?

쿠궁!!!!!!

늘 이런 식이었지.

장 세포! 너희는 늘 이렇게 막무가내에 제멋대로야!!!

소리 질러서 미안해!
출품회를 좀 늦춰줘.
부탁할게! 여보세요?!

…뭐래?

…유미 당장
택시 태워.

-불안 세포-

아무래도 최종 단계에
들어선 것 같아.

모든 세포들에게 전달해.
유미 긴급 귀환한다고.

이 상황에 이렇게 가버리면
바비가 오해하니까

표정이라도 밝게
해서 안심시켜 주자.

애써 웃는 그녀의 미소가

!!!

나를 갑자기 불안하게
만들었다.

타이밍 2

진짜
괜찮아
진짜 진짜
그런 거 아니야

나 진짜 진짜 진짜
아무렇지도 않다니까?

〈애 진짜 화났나 봐〉 유바비 作

그렇게
데이고도

정신 못 차리지?

이런 상황
어쩐지 익숙하지
않아?

다정함인지 개오바인지
그거 어떻게 조절 안 돼?

조절한다고
한 건데?

도대체
뭐가 문제인 걸까?

그럼 도착하면
연락해.

다정력 : 999,999+

응,
조심히 가.

하… 인정할게.
내 다정함이 또 문제야.
그냥 날 때려줘!
난 맞아야 해!

다정한 게
아니라

-개오바 세포-

그냥 개오바
였는데?

그래!!!
너무 다정해도
민폐야!!!!
나를 때려줘.
어서!!!!

꽥!

맙소사, 쟤는
우리 말 전혀
안 듣는 듯.

개오바야, 바비 몸속에는 38조 6천억 마리의 세포가 있는데

한 대씩만 맞아도 38조 6천억 대야. 정말 때려?

상관없어!!!! 어서 때려! 어서!

잘됐다. 바비 세포들 전부 다 불러와.

이렇게 스스로 매를 맞는 것을

슈우웅!!!!

찰싹!

세포들은 〈회초리 파티〉라고 하고

인간들은 〈자책〉이라고 한다.

옷을 빌려준 건 좀 오바였나?

072

맞아. 내 옷을
다은이가 입고 있는 자체가
불편했을 거야.

휴… 예전이랑
전혀 변한 게
없구나 유바비.

아고고!!!!
나 죽네!!!!

이제 겨우 세 대 맞았어.
앞으로 38조 5,999억 9,999만 9,997대
더 맞아야 해.

넌 맞아!!!

빨리 일어나.

인간은 자책을 하다 보면
더 깊은 자괴감에 빠지지 않도록
보호 시스템이 가동된다.

번쩍!!

닥쳐라!!!
내가 뭘 그렇게
잘못했냐?!!

으르릉!!!

얘 갑자기 왜 이래?
네가 때려달라며?!

아니!!
좀 그렇잖아!!!

단지 날이
추워서 옷을
빌려준 건데!

이해할 수도 있는
상황 아닌가?

그만 때려!!
충분히 맞았어!

펄쩍!

펄쩍!

꼴랑 세 대 맞고?

다은이를 그냥 보냈으면 계속해서 신경 쓰였을 듯.

난 왜 그런 걸 그냥 지나치지 못하지?

우리 장 세포 식구들 모두 고생했어!

오늘 늦게까지 잔업해 줘서 모두 고마워!

그럼 내일 출근 몇 시에 해요?

맞아, 오늘 늦게까지 했잖아.

내일 정시 출근이면 나 너무 슬플 듯.

어차피 일도 없어! 참았다가 오후에 출근하자!!!

와아아아!!!

유미의 장은 복지가 좋은 편이다.

하지만 뇌는 분위기가 좋지 않다.

"똥 마려~" 이러면 끝날 일을 왜 이렇게 일을 복잡하게 하냐?! 암튼 이 똥멍청이들은 제대로 하는 게 없어요.

-뒷북 세포-

그냥 솔직하게 말해도 되지 않았을까?

난 왜 그런 말을 못 하겠지?

내가 너무 쓸데없이 조심하는 건가?

아니면 바비가 아직도 어렵나?

화나서 가버린 걸로 오해할 수도 있으니까

문자든 뭐든 빨리 하자!

연애 도사 컨트럴 직 1

김유미…
쟤 오늘 또 분위기가
이상하다.

컨트롤 빅를
출동시킬 걸
그랬나?

아니야!
우리 빅도 혼자만의
시간이 필요해!

잠깐!
내가 왜 이 사람 눈치를
보는 건데?!

눈치 봐야 해!
쟤가 싫다고 하면
다음 재계약은
물 건너가니까.

-본심 세포-

오늘따라 표정이
어두워 보여요.

=오늘은 또
뭔 일인데?

무슨 일 있어요?

별일 없어요,
저 괜찮아요.

에이 말해봐요,
우리는 한 팀이잖아요.

=이봐!
넌 내 밥줄을
쥐고 있다고!

별일 아니고…

그냥 어제 남자친구랑
살짝 오해가 있었는데

어제부터 남자친구가
문자를…

문자를 안 보내요?
이런 속 좁은 놈!!!

…그게 아니고 문자를
보낼 때 늘 이모티콘을
썼는데 어제부터 쓰지
않더라고요.

…비웃을지 모르겠지만
저는 그런 게 너무
마음에 걸려서.

?!!!

안 쓰던 놈이
안 쓰면 별일
아니지만

괜찮다면 문자를
보여줄 수 있어요?

작은 위험신호를
잘 감지하는 것이
장기 연애로 가는
지름길입니다.

쓰던 놈이 안 쓰면
신경 쓰이는 게
이모티콘이죠.

걱정해 줘서 고맙지만
괜찮아요.

=니가 뭘 알아
짜샤.

저를
못 믿으시는군요.

연애 관련된 것은
저를 믿어도 좋습니다.

사람들이 저를 왜
컨트롤 찍라고
부르는지 알아요?

아뇨.

하지만 별로
궁금하지 않아요.

......

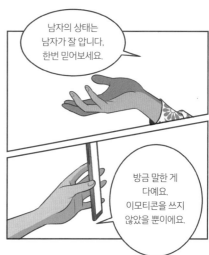

남자의 상태는
남자가 잘 압니다,
한번 믿어보세요.

방금 말한 게
다예요.
이모티콘을 쓰지
않았을 뿐이에요.

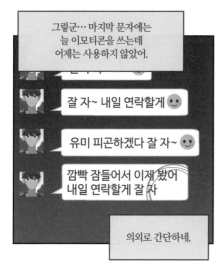

그렇군… 마지막 문자에는
늘 이모티콘을 쓰는데
어제는 사용하지 않았어.

잘 자~ 내일 연락할게 😊

유미 피곤하겠다 잘 자~ 😊

깜빡 잠들어서 이제 봤어
내일 연락할게 잘 자

의외로 간단하네.

늘 쓰던
이모티콘을 갑자기 쓰지
않은 건

자신이 삐졌다는 것을
알아달라는 일종의 시위 같은 것!
삐돌이들이 흔히 쓰는 기술이지.

혹시 남자친구가
삐돌이인가요?

…뭐래?
삐치는 것과는 거리가 먼
사람이에요.

삐돌이가 아니라고?
그렇다면
좀 위험한데?

이모티콘이라는 건
마음에서 우러나오지
않으면 쓸 수 없는
것이거든요.

즉 남자친구는
이모티콘을 쓸 기분이
아니라는 거죠.

이럴 땐
간단한 해결책이
있죠.

정답!
어제 상황과
내 입장을 조근조근
설명한다!

그런 짓은 위험해!
그러다가
큰 싸움으로 번져!!!

귀여움!

심각한 기분은 귀여움으로 풀어낼 수 있죠.

귀여움??? 내 나이가 몇 살인데 나한테서 귀여운 걸 찾아요.

귀여움은 나이에서 나오는 게 아니야!!!!!

컨트럴 븨 나이가 몇 살인 줄 알아?!

올해로 11살입니다!! 11살!!!!

〈컨트럴 븨〉
귀염력 : 990,000

하지만 여전히 귀여움을 유지하고 있죠.

한번 귀여운 애들은
늙어도 귀여운 법!

스스로를
과소평가하지
마세요.

스스로가 자각하지 못할 뿐!
작가님은 상당한
귀염력을 잠재하고 있어요!

보세요! 지금 남자친구가
이모티콘 안 쓴다고 징징대는 거
얼마나 귀여워요!

칭찬 같은데
왜 이렇게
기분이 나쁘지?

〈김유미〉
귀염력 : 62,000

방글~

어제 옷 안 빌려
주셨으면 저 진짜
얼어 죽었을 거예요.

방글~

〈유다은〉
귀염력 : 189,000

연애 도사 컨트럴 즤 2

너 지금 누구
말을 듣는 거야?!

-감성 세포-

-이성 세포-

정신 차려! 쟤는
컨트롤 제트야!

그래! 쟤 말을
왜 듣고 있는 거냐.

쏘
옥
ㅡ

안 보내요?

=뭐 해?!
내가 솔루션을
제공했잖아?

좀 더 고민해 보고
보내려고요.
제가 알아서 할게요.

=너 신뢰가
안 됨.

뭐야!
지 생각해서
알려줬더니!!

내 말
못 믿겠다
이거지?

제 입으로 이런 말
좀 그렇지만

저 연애 도삽니다.

푸하하하!!!!

=방금 건
진짜 웃겼어!
인정!

제트 작가님 연애 경험이
많으신가 봐요?

많다기보다는
깊죠.

=안 많아요.

혹시
몇 번 정도?

연애는 횟수가 아니라
얼마나 깊은 관계를
유지했는가가 중요하다는 건
이미 알고 있죠?

그니까 몇 번?

저는 연애를
한번 하면 길게 하는
진중한 타입이에요.
여기까지만 하죠.

알았으니까
몇 번?

공식적으로는
한 번인데…

한 번????

10년??
한 사람이랑?

순정파

...한 사람만을
사랑했었죠.

그렇게 오래 만나고
헤어지신 거예요?

그리고
상처

네, 그랬죠.
큰 상처를 갖고 있는
사람이기도 하죠.

10년 동안
장기 연애를
했다는 것은

구질구질!!!

손이
발이 되도록!

수없이 찾아온
이별의 위기 상황을 완벽하게
대응했다는 뜻이기도 하지요.

짜잘짜잘 여러 번
연애했다는 건 위기관리 능력이
약하다는 뜻 아닐까요?

당당!!

맞는 말이네요. 그럼 이제 다시 일 이야기 하실까요?

=쓸데없는 소리 다 했으면 이제 일하자 제트야.

......

사실 제트 작가 말이 틀린 건 아니지.

위기가 찾아왔을 때 잘 극복하는 게 연애를 잘하는 거지.

나를 봐. 작은 일에도 어쩔 줄 모르고 당황해하잖아.

머리 아퍼ㅠㅠ

너무 복잡하게 생각하지 말고 컨트롤 제트가 말한 대로…

분위기 전환이 우선!
잘잘못은 나중에
따져도 늦지 않다!

?!!

징징대는 거
얼마나 귀여워요.

타닥!

ㅠㅠㅠㅠㅠㅠ

지금 내 모습
그대로!!

타닥!

심각한 기분은
귀여움으로 풀어내라고!

타닥!

귀엽게!

타닥!

징징대자!!

해서 다시
그랬어

게 도착했어
오늘 좀 늦게 나왔어

근데 너 이모티콘 왜 안 써? ㅠㅠ

띠
릭
!!

382

바비는 이유 없이 친절하지 않아 1

...15년 전 겨울

……뭐냐.

사람 헷갈리게.

헷갈리게?
제가요??

?!!

목도리를 매준 건
미안함 때문이었어!

?!!

그날 쟤는 내복까지
입고 있어서
전혀 춥지 않았거든.

?!!!!

선배는 덜덜 떨고 있는데

혼자만 따뜻하게 입고 있어서 미안했던 거지.

나는 한 번도 이유 없이 다정했던 적은 없었더라고.

그날은 미안함 때문이었어.

...10년 전 봄

그러니까!!!!

전 여친이 키우는 개ㅅㄲ 안부가 왜 궁금하냐고!!!!!

궁금할 수 있다고 쳐! 연락까지 해서 개 안부 묻는 거 개오바 아니야?!!

응, 개오바 아니야!

그건 그리움이었어!!

?!!!

저 아저씨 뭔데?

전 여친의 강아지였지만
바비랑 보낸 시간들이
더 많았었거든!!!

개를 돌보는 건
늘 내 몫이었지!!

바비가 친절해서 개를
맡아준 게 아니고

그 개가
좋아서 그런 거야.

너 아는 사람이야?

몰라.
미친 사람
같은데?

…2년 전 가을

이런 건 내가 알아서 할 텐데… 암튼 고마워.

내 일은 내가 알아서 하게. 너도 바쁠 텐데 이제 이런 걸로 시간 쓰지 마.

……

그럼 네가 바비한테 시간을 좀 써.

매번 연락하면 바쁘다고 하니까

이렇게 도와주면 시간 좀 날 줄 알았지.

이봐요.
당신 뭡니까?

나?
나는, 넌데?

멍청아!!!
네가 자영이 일을
대신 해주는 건

원래 친절하고
다정한
성격이라서가
아니라!

바쁜 걸 덜어줘서
같이 있을 시간을
만들려는 거야!

자영이 너도
다 알고 있잖아.

설마
당연한 거라고
생각했어?

바비는
이유 없이 친절하지 않아.

…현재

…꿈이구나.

이상한 꿈이네?

…언제부터
잠든 거야?

유미
잘 들어갔어? 나는 방금
집에 들어왔어 아까는…

문자 온 줄도 몰랐네.

답장해 줘야겠다.

알바생에게

멈칫!!

?!!

옷은 왜
빌려준 거야?

?!!!!!

너… 뭐야?!

나… 아직도
꿈꾸는 중인 거야?

알바생한테 옷 왜 빌려줬냐고?

그야 날이 추웠고 다은이가 아프면 나 혼자 일해야 하니까.

……

다은이…

귀엽지?

383

바비는 이유 없이 친절하지 않아 2

다은이 귀엽다고 쓴 세포 조용히 손 듭니다.

지금 자수하면 나만 알고 끝낼게.

없어?? 정말 없어?? 나 정말 실망스럽다.

-사랑 세포-

이제 하다 하다 바비까지 속일 거야?

저기… 나 아니거든?

-사랑 세포-

아무도 너라고 안 했거든? 수상하네 이놈?

-이성 세포-

아까부터 나를 의심하고 있잖아!!!!

퍽!

왜 내 앞에만 서 있는 건데?!!

깜빡 잠들어서 이제 봤어
내일 연락할게 잘 자

유미에게 문자도
다정하게 보냈다.

감정은 반드시
행동으로 나타난다.

하 아 암

?!!

깜빡 잠들어서 이제 봤어
내일 연락할게 잘 자

이모티콘이 없어서일까?
바비의 문자가 왜 이렇게
시큰둥한 표정으로 보낸 것 같지?

왠지 차가워진 바비와
문자를 주고받다가

근데 너 이모티콘 왜 안 써? ㅠㅠㅠ

컨트롤 직의 조언대로
귀엽게 문자를 보내보기로 했다.

?!

사장님!

어제 옷 안 빌려
주셨으면 저 진짜
얼어 죽었을 거예요.

아 그랬어?
다행이네 그럼.

?!!

사장님!

지금 많이
바쁘세요?

왜?

저…

잠깐
드릴 말씀 있는데.

384

유미의 연애 수칙 1

정신 바짝
차려야 해!

유미는 이제
웹소설 작가니까!

됐다!
노잼 댓글이 마을에서
사라지고 있어!!

덜썩

오늘은 댓글에 대해서
아무 말도 꺼내지 않는 거야?
다들 알았지?!

긴드폴 세트

댓글 보셨어요?

하하하 반응 좋네요!

따링!!

?!!!

이제 겨우 잊혀지고
있었는데…

하하하
노잼!!!!

다시 부활!!!

그런가요?
재미없다는 반응도 있던데...

아녜요 칭찬 엄청 많은데?
안 좋은 댓글만 보신 거 아니에요?

반응 좋은 댓글들
캡처한 거 보내드릴게요

고마워요

컨트롤 제트는 알면 알수록
좋은 사람이라는 생각이···

어디 보자

뒤적~

뒤적~

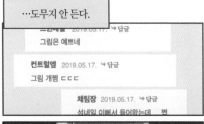

···도무지 안 든다.

그림은 예쁘네

컨트럴엘 2019.05.17. ↳답글

그림 개쩜 ㄷㄷㄷ

체팀장 2019.05.17. ↳답글

섬네일 이뻐서 들어왔는데 쩜

죄다 자기 칭찬만
캡처했네···

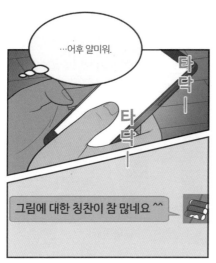

…어후 얄미워.

타닥ー

타닥ー

그림에 대한 칭찬이 참 많네요 ^^

제 솔루션은 통했나요?

?? 뭔 솔루션?

남친이 이모티콘 안 써서 징징대셨던 거 있잖아요

그런 적 없습니다만?

왜요 말해봐요 우리는 팀이잖아요!

연애 상담은 연애 도사에게

쫑긋~

쫑긋~

별 문제 없어요

다만 남자친구가 다른 고민이 좀 있는 것 같아요

아무래도 사업하는 사람이니까 말 못 할 고민이 있을 거예요

이럴 땐 그냥 모르는 척 기다려 주는 게 좋아요

경험에서 나오는 말 같네요?

네 경험해서 하는 말이에요

385

유미의 연애 수칙 2

남자친구가 삐치는 성격은
절대 아니라고 했었죠?

?!!

그리고 만난 지 2년째
되어가고 있고?

근데 그게 왜요?

2년이면 연애 시작할 때
숨겨둔 남자의 본모습이
드러날 시기입니다

본모습이 뭔데요?

인정하기 어렵겠지만 남친분은
삐돌이로 판정되셨습니다
옷 빌려준 걸로 뭐라고 했다고
아직까지 꿍~ 하고 있는 거 ㅇㅇ

얘한테
기대한 내가
더 바보지.

ㅎㅎㅎㅎㅎㅎㅎㅎㅎㅎㅎ

ㅎ 뭔데?
왜 이렇게 많아?
비웃는 거야?!

하하하하하!!!!
그래서 네놈이 아직
연애 초보라는 것이다 요놈아!

너 삐돌이 안 만나봤지?
나는 한때 삐돌이와 연애를
해본 몸이시다 요놈아!!!!

헨젤과 그레텔은
빵 조각을 남기고 삐돌이들은
단서를 남긴다는 말도
못 들어봤어?

방금 지어내신 것
같은데요.

삐친 사람은 반드시 자신의 불만을 알리기 위해 메시지를 남기지만

힘든 사람은 반대로 애써 괜찮은 척 숨기려는 습성이 있지.

지금 바비가 그래, 뭔가 고민이 있는데 애써 괜찮은 척하는 게 느껴져.

바비의 고민은 최근 오픈한 대형 떡볶이 체인점과 관련이 있다!

-명탐정 세포-

?!

잘못된 추리는
듣지 마!

-촉-

바비의 고민은
유미와 밀접한
관련이 있어!!!

과연 사랑 세포는
누구 손을 들어주려나?

논리적인
명탐정 세포냐?

찍기의 달인
촉이냐?

콰지지직!!

힘든 일이 생기면
절대 말하지 않는
사람도 있다.

아마도
자존심 때문이겠지.

그럴 땐 내 멋대로 상상하지 말고 믿고 기다리도록 하자.

<유미의 연애 수칙 개정판>에서 발췌.

발행일은…

유미의 연애 수칙 <개정판>

글쓴이 : 사랑 세포

개정판 1쇄 발행 : 웅이가 밥솥 들고 돌아가던 날

웅이가 밥솥 들고 돌아가던 날.

조금 기다려주려고요 말하기 어려운 고민이 있나 보죠

이제 더 가르칠 게 없겠네요 ^^

뭐 소리야?

이제 하산해도 되겠다.
스스로 깨우치게 하려고
내가 모르는 척 쇼한 거니라.

입에 침이나
바르시지요!!!

지금부터 남자친구에게
해줘야 할 게 있다!

???

귀여움!
귀여움은 힘든 사람의 마음을
치유하는 힐링이니라.

뀨우~

뀨우~

컨트럴 비가 나의 상처를
치료하는 것을 보고
나는 깨달았느니라.

융끼~ 뚱끼~
내 새끼~

귀여움은
만병통치약이로구나.

애교는
저랑 거리가 멀다고
말씀을 드렸습니다만…

이걸 받아라.

아니!! 이것은?

꾸꾸신공

부족한 것을 알았다면
이제부터 채워나가면
되지 않겠느냐?

386

뀨뀨신공

인체의 좌우가
대칭을 이루었을 때

귀여움이 증폭되는
현상이 발생한다.

바로 그 현상에
착안하여 만든 기술로

어렵지 않아서 유미와 같은
초급자들도 쉽게 사용할 수 있다.

오른손!!!

왼손!!!
똑같이 움직인다!!!

〈사랑의 데칼코마니〉
난이도 ★
양손으로 반갑게 인사하여
귀여움과 반가움 두 배 증폭.

바비!!!

가게 때문에
밤에만 보다가 낮에 보니까
너무 좋다!

웹소설
연재 시작한 거
축하해.

안 그래도
그거 때문에
요즘 죽을 맛!

에고고고
내가 어쩌자고 웹소설
한다고 해서…

에휴…

-작가 세포-

야!! 데이트 시작부터
분위기 처지게
신세 한탄 할 셈이냐?!!

…그렇다고
신난다고 할 순
없잖아.

신세 한탄
할 거라면!

완전
귀엽게!!!

샤라라랑!!!

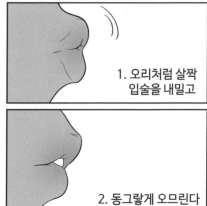

1. 오리처럼 살짝
   입술을 내밀고

2. 동그랗게 오므린다

3. 이 상태로 자신의 신세를 한탄해 보자.

이 상태로??

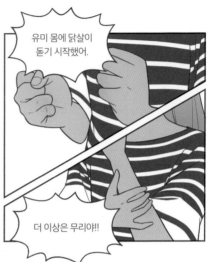

적어도
유미랑 있는 동안
그 고민을 안 하게
해줄 수는 있지.

-사랑 세포-

왜?
사람들 반응 좋던데.

별로라는
반응도 꽤 있긴
한데

신경 안 쓰고 열심히
해보려고.

점점 좋아질 거야!

응. 잘할 거야.
네가 쓰는 글들
정말 다 재밌어.

이 기술이 들어갔는데도
별 반응을 보이지 않는
상대라면

즉각 뀨뀨신공을
중단하고

무슨 일이 있는지
대화를 시도해야 할 것이다.

첫 번째 질문

바비야,
요즘 가게 때문에
많이 힘들지?

?!!

손님이
부쩍 늘어서 바쁘긴
하지만 괜찮아.

손님이 늘었어?

응 꽤 많이.

장사 잘된다는데?

……

아무것도
모르면서!!!!

도망간다!!!
잡아!!!

바쁜 건 좋지만
새로운 알바생이
아직 일이 익숙하지 않아.

새로운 알바생?!
다은 씨는?

다은이
그만뒀어.

?!!!

정말?
이렇게 갑자기?

지난주에 할 말 있다고
하면서 이야기하더라고.
그만둬야 할 것 같다고.

순간 촉이 왔다.

찌릿!

맙소사!
바비는 알바생이
관둬서 섭섭한 마음!

-촉-

유미에게 그런
내색을 할 순 없었지만 결국
나를 피해 가지는 못했어.

그런 말은
위험한 예언이야!!
또 전구 깨지고 싶어?

이번엔…
진짜야.

이러다가
3컷 뒤에
쟤 무덤 장면이
나오는 거 아냐?

두 달 넘게 같이 일했는데 관둬서 좀 섭섭했겠다.

알바가 바뀌면 다시 가르쳐야 해서 사실 섭섭할 틈도 없어.

안 섭섭하다는데?

……

가게에 손님도 많아

……

같이 일하던 애가 관둬서 아쉬운 것도 아니야.

아니, 그럼 바비는 도대체 왜 우울한 거야?

상태가 너무 심각해!!!
당장 궁금증을 해소하지
못하면 호기심 세포는
대폭발을 일으킬 거야!

폭발하는 데까지
남은 시간은 정확히
1시간 40분!

시간은 충분해!
그사이에 바비가
왜 저러는지
알아내면…

-이성 세포-

1시간 40분
남았댔잖아!!

펴엉!!!

이것도
틀렸어!!!!!

맞는 놈이
하나도 없어!!

마음속
깊은 곳

쏘
옥ㅡ

-본심 세포-

너 요즘 이상한 거 알아?
무슨 고민 있는 사람처럼 표정도
안 좋고 잘 웃지도 않고…

너 무슨 일
있지?

388

두 번째 질문

-며칠 전-

저녁 잘 먹었어요! 감사합니다!

그만두는 날까지 떡볶이를 먹을 수는 없잖아.

......

음… 제가요. 금사빠라서 잘 아는데

금사빠들은 원래 고백을 안 해요.

?!

어차피 며칠 지나면 좋아하는 사람이 또 바뀌기 때문에.

근데 최근에 제가 좋아하는 사람이 생겼는데

그 사람은 많이 달랐어요.

매일매일
그 사람 사진만 보고
그 사람 생각만 나고

이러면
정말 안 될 것 같아서
아예 안 보는 게 낫겠다
싶었어요.

사람 좋아하는 게
잘못도 아닌데
왜 그래?

……

그죠,
좋아하는 마음은
잘못이 아닌데요.

그 사람이
여자친구가
있거든요.

!!

그런 상황이라면 역시 아무 말 안 하는 게 좋겠죠?

'무슨 말 하는지 모를 거야'라는 건 꼬꼬마 다은이의 생각이고

응. 굳이 안 해도 되는 말은 안 하는 게 좋다고 생각해.

바비가 이걸 못 알아차릴 리가 없다.

쿠구구궁!!!

지… 지진이다!

149

-현재-

무슨 고민 있는
사람처럼 표정도
안 좋고 잘 웃지도 않고…

너 무슨 일
있지?

지금이야!
나와라!
거짓말 세포!

아무 일 없어.
손님이 많아졌는데
새로 온 알바가 잘할까
걱정되는 것 정도?

?!!!!!!

갑자기
물어보고 싶은 게
떠올랐어.

-촉-

믿어봐!
이번엔 정말
역대급 촉이야!

근데 다은 씨는
왜 그만둔 거야?

두 번째 거짓말이
필요하게 됐다.

이건 정말
개오바야!!!

유미야
나 할 말이 있어.

마지막 질문

네가 남자친구가
생겼다 치고

그 남자친구가
전 여친을 아직 못 잊고
있어.

엥?! 완전 싫지.
나는 그러면
바로 헤어져.

그럼 남자친구가
다른 사람한테
아주 잠깐 흔들렸어.
아주 잠깐.

에이
그것도 안 돼.
바로 헤어지지.

그럼 다른 여자
친구들한테도
다정한 남친은?

얼마나
다정한데?

완전 다정해.
막 옷도 챙겨주고…

아, 싫어 싫어.
헤어져 바로.

156

그럼 속으로만
다른 애를 귀엽다고
생각하고 있는 남친.

그건 진짜 싫다.
하하하하.

고등학교 때 지은이랑
이야기를 나누면서 정말 많은
시러시러를 만들었었지.

그때 장난 아니었어.
하루에도 20건이 넘는
시러시러를 작성할 때도
있었다니까?

-시러시러 세포-

캬!
옛날 생각나네.

이게 다 그때
만들어진 게 대부분이야.

알았으니까
네 추억 이야기는
그만하고.

-사랑 세포-

연애와 관련된
시러시러들은
다 꺼내달라고.

응 미안.
잠깐만.

157

이런 걸 찾는 거야?

뭐 하는 거야?

탈탈탈탈!!!

조금 살아보니까 사람 감정이라는 게 이렇지 않더라고.

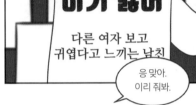

이거 싫어

다른 여자 보고 귀엽다고 느끼는 남친

응 맞아. 이리 줘봐.

나도 가끔 멋있는 남자 보면 '저 남자 멋있네' 라고 생각하거든.

그러니까 이해할 수 있어.

싫어 싫어

비밀이 많은 남자친구

완전 싫어

다른 여자에게도 다정하게 구는 남자친구

나는 다 이해 가능합니다.

탈탈탈!!!

이야기를 듣고 한참 생각에 잠겼던
유미가 입을 열었다.

그…

다은 씨가
그만두면서
그렇게
말했을 때…

1. 아래의 질문에 답하시오

"다은 씨가 그만두면서 그렇게 말했을 때
흔들렸어?"

① …웅 솔직히 아주 잠깐
② 아니 전혀!

-개오바 세포-

연애에 있어서
솔직한 것만큼
중요한 게 없지.

정답은 1번이네.

연애를 하면 상대방에 대해 알아가기보다

아까 통화할 때 깜빡 잊고 말 못 한 게 있어서

사랑해, 유미야.

나에 대해서 더 많이 알게 된다.

예를 들면 나는 귀여운 척을 어디까지 할 수 있는가라든지

약은?

내 인내심은 어디까지 참아낼 수 있는지 말이다.

사귀자고요.

?!!!

바비야

우리

헤어지자.

 390

시러시러

우리
헤어지자.

쿵!!!

?!!!

- 총 연애 기간 1년 11개월 9일 -

- 공식적인 네 번째 연애 -

아무것도
아닌
감정이야.

- 연애를 송표...

!!

아무것도
아닌 감정이라고
생각해서

숨기려고
했어.

말을 하게 되면
지금 같은 상황이
일어날까 봐

그래서 말하지
못했어.
미안해.

시러시러 세포야,
아까 말한 액자
다 완성했어?

벌컥!

-사랑 세포-

짜자잔. 어때?
근사하지?
내가 직접
만들었어!!!

완전싫어
다른 사람에게
광관이라도
흔들리는 남자친구

-시러시러 세포-

내가 온 힘을
다해서…

콰
직
!!

167

169

솔직하게 다 말했고
미안해하고 있고

여전히
유미가 좋다잖아.

사람이 살다 보면
뭐… 그럴 수도 있지 않을까?

어쩌면 여기까지도
이해할 수도 있을 것
같지 않아?

아… 어떻게 하지?
그냥…

그냥…

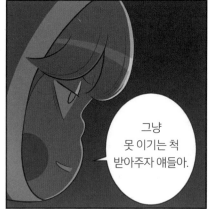

그냥
못 이기는 척
받아주자 얘들아.

유미는 스스로에게 화가 나면 특성 세포의 고유 속성을

정반대로 바꿔버리기도 한다.

너희들 지금 저주에 걸렸어.

세포 도감에 나와 있는 말이야.

그러니까 패션 세포는 패션 테러리스트로 변하게 되고

싫어!!!!!

자린고비 세포는 아낌없이 주는 나무로 변하게 된대.

나는 왜 하필 나무야!!!!

?!!

아무래도
네가 이랬다
저랬다 해서

유미가
화난 걸까?

확실한 건 유미는 지금
네가 싫어졌나 봐.

〈분노의 화신〉
연애와 썸을 거부하는 세포.
해당 세포가 있는 동안에는
연애가 불가능하다.

차기 프라임 세포

바비야

우리 지금처럼
계속 만나더라도

나는 아무 일
없었던 것처럼

예전처럼
너를 대할 자신이
없는데…

유바비는 정말 특별했다.

나를 가장 설레게 했던
꿈에 그리던 그런 사람이었다.

꿈같은 연애의 끝에는

사랑 대신 분노만 남았다.

뭔가 터져 나올 것
같았지만

애써 참았다.

그러므로
차기 프라임 세포는
작가 세포!!!

뭐야 결국
자기 홍보잖아?

내 이야기 아직
안 끝났어!

잘 들어봐~

작가 세포가
프라임 세포가
된다면~

유명해져서 수입도
많이 늘어날 거야!

돈 많이 벌면
옷장엔 새 옷으로
꽉꽉 채워줄게~

솔깃!!

먹고 싶은
것도 원 없이
사줄게!

완전솔깃!!

와!!!
차기 프라임 세포
작가 세포!!!!!

와아아아아!!!

그동안 너
애쓴 거 알아.

유… 유미야.

하지만 나…
분노에 차서 이글이글거리며
살고 싶지 않아.

연애가 1순위인 건
연애하고 있으면

가장 행복해질 것
같아서 그렇게
정한 거야.

연애가
아니면
좀 어때.

내가
원하는 건
늘 똑같아.

392

집중력 대장

특별한 능력을 구사하는
프라임 세포에도

등급이 있다.

전설로만 전해 내려오던
프라임 세포 집중력 대장.

이 세포야말로
프라임 세포 중에서
가장 높은 등급일 것이다.

이런 세포가 우리 마을에
있었다니…
근데 죽은 건가?

아냐. 평소에는
이렇게 잠들어 있어.

출근하면
이분을 깨우는 게
우리가 해야 할
일이야.

지금부터
집중력 대장을 깨우는
의식을 시작한다!

고롱~

고롱~

먼저 커피를 한잔 준비해 와!

커피?

에스프레소 방식이 아니라 드립커피로.

커피가 준비되면 키보드 청소를 시작해.

기름기 먼지 하나도 없이 깨끗하게.

마지막으로 포털 실시간 이슈 체크.

키 웃기네

유머 커뮤니티 게임 커뮤니티를 순서대로 돌고

하다 하다 더 할게 없어지면!

바로 그분이 눈을 뜨신다!!!

콰지직!!

이렇게 그분을 깨우는 의식을 우리는 루틴이라고 부르지.

일을
시작해 보실까?

쿠우우우우우웅!!!!!!

하지만 기억해라!

집중력 대장님은
매우 예민하시다!

집중에 들어가기 전에
누가 말이라도 걸면

대표님!
회의 1시간 뒤로
미뤘습니다.

!!!!!

다시 주무신다!

어떻게
깨웠는데!!!!

코오~

······

…회의 끝나고
점심 먹고 오후부터
집중해서 하자.

아시다시피
멍멍터치 대회 우승자이자
구 대표님의 연인이신
프로게이머 안젤라 님께서

멍멍타임
X
ANGELA

갑작스럽게
광고 계약 해지를
통보해 온 상태인데요.

안젤라 님께 해지 사유를 문의해 본 결과
"그건 구웅한테 가서 따지세요"
라고 다소 격앙된 회신이
돌아온 상태입니다.

…그 이야기는
그만해.

멍멍타임 다음 업데이트
준비는 잘되고 있나요?

새로운 강아지 캐릭터 작업을 위해 외주 인력을 알아보고 있습니다.

강아지 일러스트로 유명한 작업자들을 섭외 중인데요.

오! 이 사람은 실력이 대단하네?

말티즈 전문이라고 합니다.

?!!!

이 력 서

성 명	컨트럴 직
주 소	경기도 성남시 분당

항공 광고 일러스트 작업 (2018.09.

웹 소설 내 사랑 뮤즈 시즌 2 (김유미 作)
삽화 작업

김유미?!!!
웹소설???

검색해봐!!
이 김유미가
그 김유미 맞는지!

타닥!!
타닥!!

-집중력 대장-

루틴 없이
깨어났어!!

간다!!
폭풍 검색!!!

김유미

웹소설 김유미

내 사랑 뮤즈 시즌2

집중

…대표님?

타닥!!
타닥!!

뭔가 또 꽂혔나 봐.

저 쓸데없는 집중력!!

단행본의 인기에 힘입어 웹소설로 전환한 상태!

책이 안 나오는 게 아니라 웹소설로 전환한 거였어?!

솔직히 네가 책을 냈을 때 나 진짜 좀 자랑스러웠어.

속으로 진짜 많이 응원했어.

-사랑 세포-

잘되길 바라는 마음에 책도 스무 권이나 샀단 말이야.

심지어 네 SNS에 축하한다는 댓글을 남길까 말까

들락날락하다 보니 어느 날 생각이 달라졌어.

393 예전과는 좀 달라진 듯

너랑 나도 참 웃긴다.

업 (2018.09.12

소설 내 사랑 뮤즈 시즌 2 (김유미 作)
하 작업

뭐 이렇게 자꾸 엮이냐?

계세요?

뚝뚝똑~

누구세요?

좋은 말씀 전하러 왔습니다. 혹시 운명 믿으세요?

-사랑 세포-

지긋지긋한 운명론자들!

쾅!

운명?
그런 거 안 믿는데?

웅이 마을은
이 좋은 말씀
전하는 게 참
어렵네요.

우연에 의미 부여할 만큼
감상적인 내가 아니지.

이 마을 세포들은
논리적인 걸 좋아해서
운명론을 전파하기가
너무 힘들어요.

여기서
포기하지 말아요,
우리.

콩콩콩!

김유미!!! 김유미랑 또 엮였지요?
외주 인력 뽑는데 또 김유미라는
사람 소식을 듣게 됐지요?

저 운명
안 믿는다구요.

아!
안 믿는다고!!!

밥통 사건부터 지금도 이게 다 단순한 우연일까요?

한 번 정도 고민이라도 해볼 수 있잖아요.

우연치고는 너무 이상하리만치 자꾸 엮이잖아요. 그쵸?

그게 바로 운명입니다.

불쌍한 사랑 세포 귀찮게 하지 마!!!

-이성 세포-

이 눈탱이! 얼마 전 안젤라에게 받은 상처!

저건 전전 여친 유미에게 받은 상처!

이제 연애 쪽에 손 씻고 새 출발 하는 애한테!

무슨 헛소리를 하는 거야? 당장 꺼져!

괜히 맘잡고 사는 애 바람 넣지 마!

인력 뽑는 건 윤 팀장님이 알아서 하시고

나중에 보고만 따로 해주세요. 회의 그만 마칩니다.

아! 맞다! 대표님! 작년에 받은 상은 회사 로비에 두기로 했습니다.

상?

작년에 받은
대한민국 게임 대왕상
이요!

이거 보여?

나 이제
이렇게나
잘나간다?

김유미 기억 속에는
내 찌글찌글한 모습만
남아 있겠지만 말이야.

나 사진 좀
찍어줄래요?

회사
홍보 페이지에는
이미 올렸는데요?

제 SNS에
올리려고요.

이렇게 잘 나가는데
주변에 좀 자랑도 하고
그래야지 않겠어요?

그래 SNS를 보면
금방 알 수 있지.

게시물 없음

김유미 작가가 남친이랑
헤어진 거 말이야.

SNS뿐만 아니라
유미 작가는 많은 게 달라졌다.

좋은 점은 일단 돈을 엄청 잘 쓴다.

아마 여기에 마카롱을 더 시키자고 해도 허락해 줬을지도 모른다.

하지만 옷 입는 것은 좀 이상해졌다.

그래도 편해 보이긴 하네.

하지만 정말 많이 달라진 건 따로 있다.

!!!

작가님… 내용이 점점 현실감 쩌네요.

그런가요?

필력이 엄청나게
증가했다.

친구

어휴 더워…

더워서
집중을 못 하겠네.

왜 덥냐면
북태평양의 무더운
공기가…

-이성 세포-

아! 그걸
누가 몰라!

너 그렇게 눈치 없어서
어디 출세하겠어?

나 하는 거
잘 봐.

-출출 세포-

꿀꺽꿀꺽

!!!

달콤한 아이스커피로
온도도 낮추고
히스테리우스 출몰도
예방하고~

딸랑~

딸랑~

하하하하, 역시
출출 세포야!

세상이 바뀌었다. 권력은 이제
새로운 프라임 세포에게로
넘어갔다.

이제 좀 글 쓸 맛
나는 구나!!!
하하하하.

새로운 권력에 들러붙어
온갖 달콤한 말로 얍삽한 세포들이
득세하는 세상.

바로 출출세포.

끄으응
나도 출세하고 싶다.

-패션 테러리스트-

???

저놈을 당장 감옥에 처넣어라! 어디 감히 옷 타령을?!

속닥속닥

오해하지 마!!! 옷 사달라는 말 아니야!

옷 타령이 아니라 유미가 갖고 있는 옷을 조합해서 코디하려는 거야.

어때? 자유분방한 작가의 느낌이 물씬 풍기지 않아?

뭐… 편하긴 하네.

이히히힛!!!! 봤냐? 기회가 없으면 만들어내는 패테 님이시다!

나도 출세 할래~!

달콤한 말로 출세하려는 간신들만 있는 것이 아니라 쓴소리하는 세포도 아직 남아 있다.

돈 좀 쓰고 사시지요! 연애도 안 하는데 돈 벌어서 다 어디다 쓸 겁니까?!

-아낌없이 주는 나무-

돈을 써야 돈이 들어오는 법!!! 왜 아직도 세상의 이치를 모르는가!!!!

아휴… 저 잔소리쟁이.

이거 작가 룩이에요!!!

그건 시험기간 룩 이잖아요!

〈시험기간 룩〉
패션에 단 1g도 에너지를 소모하지 않는 복장을 말한다.

저놈 목을 당장 쳐라! 나한테 작가 룩이라고 사기 쳤어!!!

흐익!!!!!!

도망가잖아! 빨리 잡아!!!

감히 프라임 세포에게 사기를 쳐?!!

모든 권력을 쥐게 된 작가 세포는

오늘 미팅 끝나고 할 거 없죠?

달콤한 말만 하는 세포들보다

기분 전환도 할 겸
같이 쇼핑이나 가요.

쓴소리도 거침없이 하는
세포를 더 좋아하는 것 같다.

돈 좀 쓰고 사십시오!
돈 벌어서 다 어디다 쓸…

아… 알았다고!

아마 친구라고
느끼는 것 같다.

그래요!

395

도파민

이건 굉장히 중요한 건데
다른 사람의 연애,
특히나 이별에 관련된 질문은

정말 조심스럽게 해야 한다.

왜냐하면 그런 질문이 상대방에게는

자칫 상처가 될 수도 있기
때문인데 문제는…

근데 나는 그런 거랑 거리가 멀다.

왜 헤어졌어요?

?!!

아! 무심코 툭 던지는 말이
상대방에게는 폭탄이 되어
상처를 입힐 수 있다는 걸 왜 모르는가!

여기 연애 담당
누구죠?

치이익!

야야!! 뭔데?!
나한테 가져오지 마!

알바생이 호감을 보여서
흔들렸다고 하더라고요.

그래서
헤어졌어요.

네?!!
아니 뭐
그런

워~ 워~

그렇다고
나 위한답시고
욕하지는 말고.

욕먹을 사람은
아니니까…

…본심 세포
멋있지 않냐?

211

당연히
돈 받고 해야지!

!!!!!

헤어진 연인을 감싸는 걸 보니
김유미는 아직 미련이 남은 듯하다.

연애란 그렇다.
둘만 아는 나름의 사정이 있을 테니
함부로 속단해서는 안 된다.

하지만 문제는…

나는 그런 거랑 거리가 좀 멀다.

감싸는 걸 보니까
아직 미련이 남았어.

미련은 없는데
남이 욕하는 건 또
못 참지 후훗.

그리고
미련이 생기면
또 어때요?

연애 그거
뭐 대단한 일이라고!

-본심 세포-

퍼엉!!!!!

고마워. 덕분에
내 등장이 신나졌어.

고맙긴,
우리가 더 고맙지.

이건 유료야.
돈 받고 하는 거라고.

유료??
니들 분실물 담당 세포
아니야???

투잡이야?

우리 이름 바꿨어.
엔도르핀처럼
근사한 걸로.

도파민.

본심을 말할 때의 이 짜릿함!

분명 전에는 느껴보지 못했던 것이다.

215

396

웅이를 만나다 1

후훗. 구웅의
자랑 컬렉션.

날씨가 좋아서 어디

점점 완성
되어가고 있다.

근데 이거 왜 하는 거야?
어차피 김유미는
이거 보지도 못해,
멍충이들아.

?!

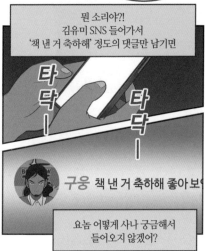

뭔 소리야?!
김유미 SNS 들어가서
'책 낸 거 축하해' 정도의 댓글만 남기면

타
닥
ㅡ

타
닥
ㅡ

구웅 책 낸 거 축하해 좋아 보

요놈 어떻게 사나 궁금해서
들어오지 않겠어?

야 이 똥아!!!
옛날 여친 SNS에
글 남기면 안 돼!!

지금이 조선시대야?
그 정도는 괜찮아,
이 설사똥아!!!

쾅!

윤 대리님

넵!

전 남친이
전 여친 SNS에
댓글 남기면
좀 이상한 건가?

뭐 어때요?
남길 수도 있죠.

근데 좀
추접스럽긴 해요.

……

수가 뻔히
빈이잖아요

됐어 됐어.
괜한 짓 그만하고
일이나 해.

어디 보자.
김유미 팔로잉 중에…

윤희

컨트롤 직

있다! 있어! 컨트롤 직!
근데 이게 왜??

만약 컨트롤 직가
우리 회사 일을 받아서 하게 되고

구웅 잘 지내시죠? 근처에

친해져서 SNS에
댓글을 남기는 사이가 되면?

그렇다면 김유미가 웅이의
계정을 발견할 확률은

?!

구웅 잘 지내시…

대단히 높아지겠지?

그래도 전 남친의 SNS인데
클릭해 보고 싶지 않겠어?
사람인데?

구웅

팔로워 999   팔로잉 99
컨트롤 직님이 팔로우함

웅이의 SNS에 들어오는 순간

219

전 남친
구웅의 잘나가는
모습을 보게 되겠지?
후홋.

그리고
밀려드는 후회.

아드레날린이다!!!!

아드레날린이
컴백했어!!!!

〈아드레날린〉
웅이 마을의 전설적인 아이돌.
한동안 활동이 뜸해서 멤버 간
불화설이 나돌기도 했었다.

다 같이
외쳐!

포 웅!!!

포 웅!!!

사랑해요!
아드레날린!!!!

아드레날린♥

아드레날린♥

캬! 생각만 해도
통쾌하네.

막혔던 이야기가 풀리기
시작하면 굉장히 짜릿하다.

요즘엔 히스테리우스도
자주 나타나지만

엔도르핀도 자주
공연해서 기쁘다.

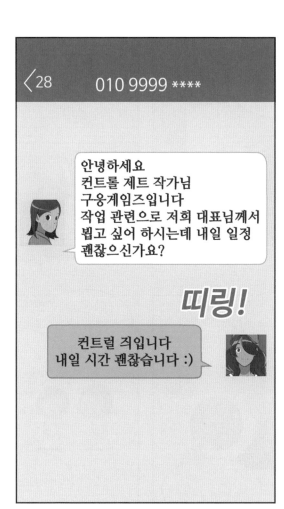

웅이를 만나다 2

날씨가 미쳤나.
오늘은 진짜
더워서 죽겠네.

펄럭!
펄럭!

더우면
아이스커피.

뻥!

그놈의 아이스커피!
맨날 아이스커피!
너나 실컷 먹어라!

-작가 세포-

에어컨이
오래돼서 그런가?

펄럭!
펄럭!

이참에 에어컨
하나 새로 살까 봐.

에어컨 값의
10분의 1
가격으로

인생 한번
시원하게 살아
보시렵니까?

뭐야 니들은?

저희는
단발교에서
나왔어요.

단발 하시면
더위는 안녕

러블리는
뿜뿜!

그럴까?
단발 할까?

단발 하시고
시원하게 글 작업
하세요.

유미가
단발 하는 것에
동의합니다.

작가세포(세포씨)

그래!
단발 좋지!

옳거니!!!

걸려들었…
아니 탁월한 선택!
여기에 어서 사인을!!!

-찰랑이-

좌
ㅣ
악

헉!!!

니들 단체로
더위 먹었냐?
이런 단발 놈들!!!!

227

어떻게 기른 머린데
너무 아깝잖아…

그래.
이건 좀 아니다.

단발교
포에버!!!!

으악!!!

쿵!!!

본부!!!
지원 요청 바란다!

애들 다 불러!!!

단발교
드론이다!!!

다다다다단!!!!

단발교 본부에서
지원이 왔다!!!

펄럭~

펄럭~

헐!!
존예!!

왜 회사 대표까지 나오고 난리야, 부담스럽게.

아무래도 <그 녀석>을 사용해야겠어.

정말?? <그 녀석>을 지금 쓰겠다고?

깨어나라, 용사여.

충성을 맹세합니다 마이 로드!

나 말고 저쪽에 대고 해.

-충성 세포-

구웅 대표님, 저는 매일매일 하는 일이 두 가지 있습니다.

그게 뭔지 아십니까?

?!!

하나는 숨 쉬는 것.
다른 하나는 바로…

멍멍타임을
플레이하는 것입니다,
구웅 대표님.

멍멍타임은
제 인생 게임입니다,
구웅 대표님.

실은 제가 웹소설 삽화 작업 미팅이 1시부터 있어서 3시까지 맞춰서 오는 건 좀 힘들어서요.

그럼 시간을 좀 조정해 볼까요?

혹시 괜찮으시다면 삽화 작업 미팅할 때 저희 회사 카페를 이용하세요.

?!!

여기 직원들만 이용 가능한 걸로 아는데…

괜찮아요. 가끔 예외도 있는 거죠.

봤냐? 이게 바로 충성 세포가 만들어내는

매직이란다 후훗.

웅이를 만나다 3

자… 잠깐만요!!!

?!

잠깐 생각 좀 할게요!

미용실 의자에만 앉으면

고마워 유미야!

유미는 늘 찰랑이의 손을 들어준다.

커트ㅌㅌㅌㅌㅌ!!!

저것들은 또 뭐야?!!!

미용실 언니가 보낸 드론 부대다 !!!!

어?! 그분 좀 닮으셨네!

누구요?

쫑긋!!

그 아이돌 멤버 있잖아요. 요즘 핫한!

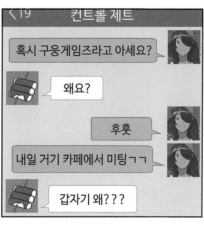

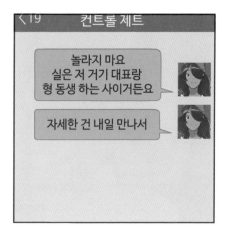

회의 중에 뭡니까?

제트 작가가 로비에 와 있다고 해서요.

지난번에 준 카드 키를 아직 등록도 안 했는데 벌써 왔더라고요.

?!!

일행까지 데려왔다고 해서 잠깐 내려가 봐야 할 것 같아요.

1. 여기서 말하는 컨트롤 제트의 일행은 누구일까요?

(김유미)

빨리 가서 출입카드만 찍어주고 오겠습니다.

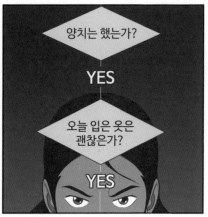

싫어!!!
내가 할 거야
!!!!!!

대표님!
회의는 어쩌시고요!!!

후다닥!!!

니들끼리
실컷 해!!

웅이를 만나다 4

천천히 고개를
돌리는 구웅.

그의 반쯤 감긴 눈은
상대방에게 관심이 전혀
없음을 나타낸다.

놀란다 해도 그저
눈썹이 올라간 정도?

어?

그리고 무심한 듯한 한마디.

어? 너였어?

제트 작가랑
일하는 사람이?

오랜만이네,
웅이.

아까 제트 작가가 여기로 오라고 해서 깜짝 놀랐네.

달라진 모습에 당황하지 마!! 가… 간다!!! 자랑 콤보!!!!!

잘 지내지?

응, 보다시피.

조금 바쁜 것만 빼면.

해외 론칭 때문에 정신없어서.

송Z원 1

솔직히 말하자면
나는 사랑한다는 감정을
잘 모르겠다.

물론 좋아하는 감정은 잘 알지.
나도 좋아하는 사람이 있었으니까.

게다가 운이 좋게도
좋아하는 사람에게 고백을
받은 적도 있었다.

야~
방금 내가 한 말
어떻게 생각하냐고.

세포 찾기

연애 세포, 사랑 세포

타닥!!

타닥!!

연애 세포
불러와!
이거 지금
연애 각이다!!!

세포 찾기

연애 세포, 사랑 세포 🔍

검색한 세포를 찾을 수가 없어요 ㅠ

뭐?! 없다고??
지원이한테는
연애 세포가 없나 봐!!!

그럼 연애
어떻게 해??

그럼 대충
비스무리한 애라도
좀 데려와 봐!!

-응큼 세포-

연애?
그건 내가 좀 알지.

지금 어떤
상황인가?

고백받은 것
같아.

그럼 지금부터
내게 맡겨!
이 연애는
내가 주도한다!

야 송지원,
너 지금 뭐 하나?

쮸
우
ㅡ

?!!

지난번에 내가 제대로 대답 못 한 것 같아서.

나는 무슨 일이 있어도 네 곁을 떠나지 않을게.

나는 진짜로 그날부터 해나에게 충성을 다했다.

우리는 정말 행복했었다.

수많은 곳을 함께 여행했고

그녀의 반려견 컨트럴 씨가 낳은

컨트럴 브를 내가 키우게 됐으며

함께 쇼핑을 하며

서로의 취향을
찾아주기도 했다.

물론 늘 좋은 순간만
있는 것은 아니었다.

@#$!!
$#$%&
!!!!!

....

연애 초반에는 몰랐는데
해나는 한번 짜증을
부리기 시작하면 도저히
감당이 안 됐거든.

얘 성격… 도저히
감당 못 하겠다 진짜.

여기까지가
끝인가 보오!!!

헤어져

나도 더는
못 참겠다.

헉!!!!

콱!!!!

이별 버튼 누르는 순간 넌 죽는다.

저 안 눌렀어요.

지원이는 해나와 함께하기로 충성 맹세를 한 몸!

-충성 세포-

그래서 집필한 것이 바로 뀨뀨신공이었다.

!!!

???

나는 온갖 애교를 부려가며 독이 바짝 오른 해나를 원래의 상태로 되돌려 놓았다.

?!!!

그때 생긴 우리만의
비밀 암호 같은 말이 있다.

이잉~

우울하거나 짜증 났던
기분이 다시 원래대로 돌아오면

기분 좀
풀렸어?

해나는 이렇게
말해줬다.

응,
컨트롤 제트 됐어.

송Z원 2

회사에서 아무리
스트레스를 받고 와도!

Great!
Ctrl + Z

울적한
기분도!!!

Excellent!
Ctrl + Z

앙~

아퍼!!

무기력한
상태도!!!

너랑 있으면
기분이 너무 좋다.

넌 전생에
나라를 구했나 봐.

이런 미친…

오늘 같은 날은
컨트롤 에스
해둬야겠다.

컨트롤 S…??

지금 니가
생각하는 그 S 말고.

우리 웅이 형이랑
아시는 사이였어요?

아 네.

우리 웅이 형??

와… 신기하네.
설마 과거 연인
사이였던 건
아니겠지?

…대충 눈치챘으면
그냥 가만있을 것이지.

기어이
확인을 하네.

-이성 세포-

결재해 줘, 작가 세포야.

결재를 바랍니다

뭔데?

민감한 사안은 프라임 세포의 동의가 필요하거든.

웅이가 전전 남친이었다는 사실을 컨트롤 제트한테 말해도 되냐고?

결재를 바랍니다

이딴 게 뭐 대단한 거라고!!!

휙!!!

맞아요, 전전 남친.

구웅 대표가 유미 작가님 전전 남친이라고????

?!!!!!

말도 안 돼… 못 믿겠는데?
아니지! 생각해 보니
전 남친도 존잘남이었어!

……

이제 보니 엄청난
능력자였는데 나만
김유미 작가를
평가절하 했던 걸까?

그런 건 머릿속에서
정리하라고!
말로 하지 말고.

근데 왜 헤어졌어요?

그 질문 할 줄
알았다.

어… 그러니까
웅이가 문자를 되게
성의 없이… 아닌데.

그 전에
결혼식장에서
싸웠던가?

-이성 세포-

왜
헤어졌더라?

265

에잇!
귀찮은 질문!

그대로 되돌려
주마!

보면 자기 이야기는
안 하고 맨날 내 것만
물어보더라?

그러는 제트 작가님은
왜 헤어졌어요?

저요?
제 경우에…
분위기 좀
이상해질 수도
있는데.

차 사고였어요.

?!!!!!

267

마지막으로 통화했을 때
여자친구 기분이
되게 안 좋았거든요.

그래서 더 속상했었어요.

만나면 기분을
풀어주려고 했는데

제가 그런 건
좀 잘하거든요 하하하.

그런 일이라고는
상상도 못 했어요.
…미안해요.

옛날 일이라
지금은 아무렇지도
않아요.

컨트롤 제트는 담담하게
이야기했지만

그의 이야기를
듣는 나는

기분이 찡-해오기 시작했다.

402

찡했어

가끔씩 감동을 받을 때,
가슴이 찡할 때 있지 않나요?

찡~

그건 여러분의 감성 세포가
거대화될 때 나는 소리랍니다.

-감성 세포-

컨트롤 제트의 슬픈 연애사를
듣고 있으니 나도 모르게
가슴이 좀 찡했다.

찡~

너무 슬프다아아!!!!
크허헝!!!!

-감성 세포-

최대한 멀리
도망가!!!

거대화된 감성 세포는 마을을 해집고 돌아다니면서

쿵쾅!!

콰지직!!!

맷돌도 뿌셔 뿌셔

프라임 세포의 성도 뿌셔 뿌셔!

콰!

마음의 문도 뿌셔 뿌셔!

콰!!!

잠시 일 생각은 제쳐두고 제트 작가의 이야기에 빠져들었다.

그 사고 이후로 누구와도 연애하지 않을 거라고 마음먹고 살았는데

지금 생각해 보면

271

세상 멍청한 생각이었죠.

사랑 없는 인생이

무슨 의미가 있나 싶었어요.

-마음의 문-

마음의 문이 왜 활짝 열려 있어?!!

활
ー
짝

감성이가 부쉈어…

-이성 세포-

그렇다고 이대로 놔둘 거야? 빨리 고쳐!!!

알았어. 빨리 고치면 30분 정도 걸릴 거야.

유미에 대한 미련이
남았는가?

YES

하지만 연애 중인
옛 연인에게 사용하는 것은
불법이다.

도리~ 도리~

미련을
버려!!! 구웅!

특정 인물과
자꾸 마주치는 것은
운명이라고 생각한다

YES

이 또한 불법이다!
이것들 다 체포해!!!

사랑 세포한테
바람 넣지 마!!

-운명교-

구웅이 여기까지
어떻게 올라온 줄 잊었어?!

273

알아!
어차피 안 되는 건
빨리 포기했기
때문이지!

쿠
궁
!!

안 되는 일에
시간 그만 쏟고

콰
지
직
!!

일에 집중하자,
구웅!!!

아까 취소한 회의는
몇 시로 옮겼죠?

넵!
다음 회의
시간은…

서울시~
아하하하하.

헉!!!

뭔데?

유미에 대한
미련이야.

나 퇴근~
회의 취소.

대표님!
아까 그건 그냥
웃으시라고 한 거예요!!!

내가 여기까지
어떻게 올라왔는지 잊었어?

알아! 기회가 찾아왔을 때
놓치지 않았기 때문이지!

오랜만에 본 건데
저녁이라도 먹고 가.

그리웠단 말이야

이렇게 만나는 것도 쉽지 않은데

=이건 운명이야!

불편하지 않으면

=거절하면 내가 불편한 걸로 알게.

저녁 먹고 가.

=나한테도 말할 기회를 줘.

아직도 유미의 마음은
나에게 닫혀 있는 걸까?

저녁?

웅이의 사랑 세포는
밥 먹자는 제안을 들고

긴장된다…

밥

총총총 —

유미의 마음의 문으로
향했다.

그런데 이게 웬일인가!
유미 마음의 문은 이미
활짝 열려 있다!

뭔가
느낌이 좋다!

멈춰!

우리 유미는
갑작스러운 약속을
무지 싫어하지.

?!!

-스케줄 세포-

저녁 먹기엔 좀…
이른 시간 아니야?

……

두뇌풀가동!!

물러서지 마!
아직 거절
아니야!

식사 제안만
거절했을 뿐 다른 건
수용할 수도 있는
뉘앙스!!!

식사 대신 커피로
승부한다!!!!

그럼 가볍게
커피나 한잔할래?

커피라면
방금 제트 작가랑
마셨습니다만 후훗.

커
피

한 잔 더 마시면
안 될까?

우리 유미는 위염이라는 끔찍한 병을 앓은 뒤로 줄커피는 하지 않습니다만…

너 정체가 뭐야?!

이 몸은 유미 건강관리공단에서 파견된 세포로서…

스케줄 세포처럼 호락호락한 상대가 아닙니다만!!!!

착!!!!!

너… 길지만 생각보다 짧은 게 뭔지 알아?

갑자기 웬 퀴즈?? 혼란을 줄 속셈인가??

내게 그런 건 안 통합니다만.

아! 정답! 길지만 생각보다 짧은 거! 휴가 기간!!! 맞지?!!

땡! 정답은…

츄로스.

???

츄로스로 유명한 카페가 근처에 있거든.

츄로스?

갓 만든 따끈따끈한 츄로스라 쫄깃한 식감에 시나몬 향이 가득하지.

나도 츄로스!!!

-출출 세포-

쾅!!!

출출이 너 정신 안 차려?!

마감이 코앞인데 지금 츄로스 먹으러 갈 때야?!! 응?!!

그래!

방금 말한 카페
요기 바로 앞에 있어
걸어서 1분도 안 걸려.

=맘 바꾸지 마.

너 옛날에 우리 동네
츄로스 가게 기억나?

…응.

거기 없어졌다?
진짜 맛있었는데…

그리웠어.

차갑게 돌아서는
밥솥 판매자가 아니라

내 기억 속에 있는
다정한 김유미랑 다시
대화하는 게 그리웠어.

그러니까 좀 알려줘

한때는 몹시도
꿈꾸던 상황이었다.

유미를 만나서 그동안 어떻게
지냈냐는 대화를 나누는 것.

그래. 나는 이걸로 충분했다.

생각은 그렇게 하고 있지만
웅이의 집중력은 다른 곳을
신경 쓰고 있다.

그것은 바로 유미의 휴대전화.

여기 온 뒤로 전화는커녕
문자 알림 하나 오지 않는다.

심지어 휴대전화 확인도 안 해.
이거 뭔가 좀 이상하지 않아?

-집중력 대장-

맞아! 연애할 때 유미는
장소 이동할 때마다
문자를 보내거든.

혹시… 남자친구랑
헤어진 거 아니야?

?!!

-사랑 세포-

그래!!!
헤어졌을 것 같은
느낌이 든다!!!
아니 헤어졌을 거야!!!

헤어질 때도
됐잖아!!!

291

이것은 근황에 대한 질문 같지만
자신의 연애 상황에 대해 답해야 하는
정교하고 자연스러운 질문!!!

콰지지직!!!!!

알려다오! 김유미!!

그놈… 아직 만나는 중이야?!

때 되면
하겠지 뭐.

〈세상 애매한 답변〉
상대방에게 정보 제공을 하지 않는
알맹이 없는 답변 기술.

이런 답변으로는
어떤 정보도
알아낼 수 없어
!!!

〈개인 정보 흘리기〉
상대방이 묻지도 않은
정보를 알려주는 하급 기술.

하는 일도 잘되고
인정받고 있는데
뭐가 걱정이야.

곧 좋은 사람
만날 거야.

〈선 긋기〉
당신과 연애할 마음이 없음을
우회적으로 밝혀 더는 다가오지
못하게 하는 연애 방어 기술.

촤
아
악
!!

이것은
〈선 긋기〉?!!!

웅이가 마음을 살짝 드러내는 순간
유미는 선을 긋기 시작했다!!!!

아무래도 그놈이랑
아직 만나나 봐 ㅠㅠㅠ

집중력 대장!
이제 그만해.

-이성 세포-

아… 미치겠네.
분명 뭐가 있는데?

아니야.
이 정도로도 충분해.

-사랑 세포-

예전처럼
다정하게 이야기
나눴으니 이걸로 됐어.

이제 그만
일어날까?

그래!

?!!!

그때 집중력 세포의 눈에
들어오는 것이 하나 있었다.

유미의 왼손 약지 손가락
피부 톤이 아주 미묘하게
다름을…

나는 감지했다.

얼핏 보면 모르겠지만
확실히 달라!

만약 저 자국이 커플링의
흔적이라면?

그것은 곧! 유미는 현재
남친과 헤어졌음을 알려주는
중요한 단서!!!

하지만 이것만으로
확신할 순 없다!!!!

나는 확인을 위해
아주 영리한 질문을
하나 던졌다.

아 맞다.
유미야!

응?

405

미련에 관하여

근데 넌 이번
여름휴가는
어디로 가?

휴가?

특별히 계획
없는데?

!!!!

유미 작가님 작품이 요즘
재밌다고 난리예요!

캐릭터들이
현실감 넘친다는 댓글이
정말 많아요.

채팀장 2019.07.30. 11:18 ↳답글
특유의 달달함이 없으니 완전 극노잼... 난 이만 손절

쿠
―
궁
!!

?!!!

?!!!

헐…
그만 본다는데요?

이런 글들 다
신경 쓰지 마세요.
빨리 잊어버리세요.

반응이란 건
늘 다양하니까… 하하.

유미는 외부에서 정보가 들어오면
간직할 것, 비밀로 할 것,
버릴 것으로 분류되는데

이건
비밀이군…

버리는 것은 이런 자루에 담아서
반대쪽 귀를 통해 버려지게 된다.

툭

그리고 여기서 뭐 주워 갈 거 없나 기웃거리는 녀석이 바로 구질구질 세포다.

뒤적~

뒤적~

-구질구질 세포-

특유의 달달함이 없으니 노잼이다! 난 이만 손절한다!

쏙~

?!!!

버리려고 했던 걸 다시 주우면 미련이 된다.

선물!

끼얏 호우!! 선물!!!

특유의 달달함이 없으니 노잼이다! 난 이만 손절한다!

헉!!! 아까 그 댓글이잖아!

채팀장 2019.07.30. 11:18 ↳답글
특유의 달달함이 없으니 완전 극노잼... 난 이만 손절

흠…

특유의 달달함을
잃었다??

아무래도 원고들을
다시 좀 읽어봐야겠어.

왜요?
아까 댓글 때문에
신경 쓰이세요?

캐릭터를 현실감 넘치게
표현하는 건 좋은데

이것 때문에
이야기 분위기가
무거워지면 곤란하니까.

유미 작가님은
독자들의 의견을
굉장히 꼼꼼하게
챙기시네요?

시간 여유가 있으니까 미련이 좀 남으시면 원고 수정하셔도 돼요.

제가 기다렸다가 수정한 걸로 올릴게요.

오늘 편집장님 안 계시니까 천천히 하셔도 돼요.

편집장님은 어디 가셨나 봐요?

편집장님 휴가 가셨어요.

벌써요?

편집장님 지금 연애 중 이시잖아요.

지난달 내내 휴가 계획만 짜시던 걸요?

근데 넌 이번 여름휴가는 어디로 가?

그렇다면 그 질문!!!

유미가 연애 중인지 아닌지를 확인해 보는 질문이었다!

-명탐정 세포-

!!!!!!

웅이가 설마 아직 유미한테 미련이 남은 걸까??

혹시 전 여친이니까 좀 부담 없이 생각한 건 아닐까?

웅성

웅성

어휴… 답답하다. 너희들은 아직도 구웅이라는 캐릭터를 파악하지 못하고 있었냐?

구웅은 말이야…

뭔가 어설프지만 순수한 소년 같은 성향이 강한 캐릭터야.

〈캐릭터 분석〉
작가 세포의 기술 중 하나로
한 사람의 성향을 분석하고
예측하는 능력.

그래서 웅이가 다시 연락을
하고 싶어 한다면

그건 아주
진지한 마음일 거야.

유미는 누군가를
만날 생각이 없으니
웅이랑 마주치는 일은
피해야겠다.

-예의 세포-

그럼 유바비는
어떤 캐릭터야?

바비는 말이지…
파악하기
어려운 캐릭터야.

바비의 행동은
늘 예측이 어려워.

그러니까 유미가
그렇게 빠져들었던 거지.

유미 손에
반지 자국이 있는가?

YES

유미는 여름휴가
계획이 있는가?

NO

SNS에 남친 사진이
없어졌는가?

YES

후후... 나 천재

와우! 유미는 지금
남자친구가 없군요!
한번 연락해보면 어떨까요?

307

요즘처럼 흐리거나
비 오는 날엔 이불 빨래하면
절대 안 됩니다!!!

그래서 저도
며칠째 이불 빨래를
미루고 있는 상태인데

쨍
쨍─

다행히도
오늘은 날씨가 좋네.
망할…

……

너 방금
욕했지?

잘못
들었겠지!

어서 세탁기 돌리고
그사이에 방 청소해.

-집안일 세포-

망할…

어질러진 집을 정리하려는 순간 나는 아주 재밌는 사실 하나를 발견했다.

어질러짐에도 일정한 패턴이 있다는 사실을 말이다.

그렇다! 이것은 어질러진 것처럼 보이지만 실은 정리가 된 상태다!!

이러한 현상을 일컬어 전문적인 용어로…

개수작 부리지 말고 청소해!!!!!

-이성 세포-

나도 더는 못 참아!!

집안일 세포도 오늘만큼은 꼼짝없이 일을 해야 할 것 같다.

오늘은 빠져나갈 핑계도 없다.

하지만 집안일 세포에게
한줄기 희망이 비쳐왔다.

어?!
이거 바비가
선물한 반지…

긴급 상황 발생!!!
청소 중단!!!!

기어이
핑켓거리를…

바비 반지가
발견됐다!!!

처분이 애매한 물건을
발견하면 판사 세포에게
가져가서 물어봐야 한다.

이거 어떻게 해?
버려?

-판사 세포-

…연기력은 좋네 그래도.

유미??

여기…
왜????

쿠웅!!

뭐야? 진짜로 우연히 온 건가? 표정 보니까 진짜 같은데?

아 맞다. 너 여기 살지?

응, 근데 여긴 웬일이야?

이 근처에 우리 자회사가 있거든.

아 그래?

응, 그럼 수고!

헐… 내가 오해한 거였네.

응, 너도 수고.

유미 말을 끝까지 들었어야지!!! 멍충아!!!

플랜B를 가동해!!!

혹시 내가 만든 게임 해본 적 있어?

멍멍타임? 응, 해봤어.

그럼 우연히 만난 김에 이거 하나 줄게.

…뭔데?

게임 쿠폰. 거기 적힌 일련번호를

ym19-kw33-lvle-b0ut

100캐시 지급!

게임 실행 후 쿠폰 입력과 쿠폰 번호를

입력 창에 입력하면 게임 캐시가 지급되는 쿠폰이야.

쿠폰, 반지 그리고 해시태그 2

제트 작가님은 어떻게 생각해요?

전 남친한테 반지 돌려보내는 거 좀 오바인가요?

흠…
굳이 보낼 필요 있을까요?
굉장히 고가 제품이면
좀 고민되긴 하겠지만.

그죠.

너무 고가의 제품이면

갖다 팔아야

돌려줘야 하는 게 맞으니까.

나랑 안 맞아, 안 맞아.

에휴…

반지 좀 줘봐요,
제가 보면 바로 아니까.

이런 건
내 전문이지

쇼핑을 좋아하는 컨트럴 직는
몸속에 정예 쇼핑 세포팀이
따로 존재한다.

나와라!
쇼핑 삼 남매!!!

첫째!!!
옷 담당!!!

막내!!!
신발 담당!!!

둘째!!!
악세사리 담당!!!

우리가 바로
쇼핑 삼 남매!!!

〈쇼핑 삼 남매〉
각 분야별 엘리트들로 구성된
쇼핑 전문 세포들의 집단.

어떤 제품이지?

반지.

그럼 우리 둘째가
맡으면 되겠군.

후훗! 줄리스 링
제품이로군.

역시!
우리 둘째!
보면 바로 알지!

그건 여기
적혀 있어서
나도 알아.

이게
가짜라는 것도?

???

이거
정품 아닌데?

이 브랜드에는
이런 제품 없어.

내가 모르는 디자인이라
홈페이지 들어가 봤는데
이런 제품 없어요.

진짜든 가짜든
이제는 별 상관없으니까
"그래요?"라고 넘어가도 됐는데

그럴 리 없는데?

…라고 말했다.

당시의 내 추억을
보호하고 싶어서였을까?

아니면 바비 편을
들어주고 싶어서였을까?

321

아무래도
제트 작가님이
잘못 찾아보신 것
같은데?

제가 다시
찾아볼래요.

김유미는 우리의 말을 전혀
신뢰하지 않고 있어!!!!!

이런 건
쇼핑 삼 남매에게
큰 상처!!!

펙!!

내 말을
안 믿어?!!!

둘째가
당했다!!!!

둘째의 상처가
깊어!!!

죽으면 안 돼!!
정신 차려!!!!!

너와 함께한 순간
영원토록 기억할게.

그 정도는
아니야.

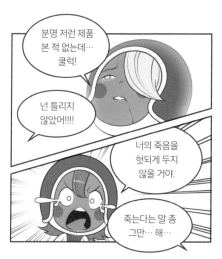

분명 저런 제품
본 적 없는데…
쿨럭!

넌 틀리지
않았어!!!!

너의 죽음을
헛되게 두지
않을 거야.

죽는다는 말 좀
그만… 해…

감히
쇼핑 삼 남매의 자존심에
스크래치를 내?

쿠-우워!!

불어라 폭풍아!!!

〈폭풍 검색〉
쇼핑 삼 남매의 주특기.
빠르게 제품에 대한 정보와
가격 비교를 해내는 기술.

당연히 커플링으로만
판매되는 제품이고

구매예약

이미 출시 6개월 전에 예약
판매가 완료되었대요.

커플링 아니라
지난주에 시장 조사
나갔다가 우연히 보고 샀어.

이거 길 가다가
우연히 보고
산 거라고
했는데?

음… 글쎄요?
부담 주지 않으려고
그랬을 수도 있죠.

그럼 왜 반지가
커플링이 아니라고
한 거지?

-호기심 세포-

나는 우기의 말을
굉장히 신뢰하는 편이다.

우가!

감이 좋은 편이기도 하지만
내 편을 잘 들어주거든.

나 어떰?

솔직한 평을
원해?

너무
솔직하게는
하지 말고.

옷 되게 예쁘네.
집에서만 입어.

근데 유미 누나 있잖아.
헤어진 거 맞아?

전 남친 사진이
없기는 한데…

yumi_0109 어서옵쇼
#오늘 #바비옴 #큐헤헬 #책방알바

해시태그를
하나 남겨뒀다… 이건 뭘까?

전 남친 이름이 들어간
게시물 하나는
왜 안 지운 걸까?

깜빡했겠지!

근데 왜 난 깜빡한 게 아닌 것 같지?

-여섯 번째 감각-

?!!

깜빡할 게 따로 있지.

유미 누나가 이걸 몰랐을 리는 없을 것 같은데?

헤어진 게 아니라 잠깐 싸운 거 아니야?

아냐. 헤… 헤어진 거 확실할걸?

쿠구궁!!

무슨 근거로? 근거를 대봐 그럼.

둘이 안
어울리니까!!

그리고 유미 표정이
헤어진 사람
표정이었어!

〈억지〉
상대방의 주장을
비논리로 격파하는 기술.

…전 남친 해시태그는
뭐야 그럼?

유미는 원래
덜렁대는 사람이니까
깜빡했을 거야.

근데 예전에
헤어졌을 땐
형 관련 게시물은
다음 날 흔적도
없이 사라지던데?

너네 집에 가.
여기 우리집이야.

오라고 할 땐
언제고…

〈추방〉
집에 온 손님을
내쫓는 기술.

그 사진 속의 서점은
유미가 예전에 알바했던 곳인 것
같더라고,

아마 소중한 추억이라
못 지운 거겠지.

해시태그만 따로
수정할 수 있는데?

수정

링크 보기

그렇기 때문에
이 게시물을
지우지 않은
이유는 따로 있어!

즉 사진 속의 공간은
같은 공간이다!

어쩌면 두 사람에게는
특별한 장소일지도!!!!

마음은 알겠지만
아직 어떻게 될지
모르니까

너무 앞서
나가지만 마.

…왜?

왜냐면

335

아 그거?
그날 내가 제정신이
아니라서 하나
빠뜨렸나 보네.

-감성 세포-

다음부터 실수
하지 마~

……

응~

그거 깜빡하고
못 지운 거.

심야의 문자

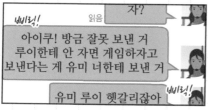

일이 더 커지고 있다.

폭락

근데 어떻게 알았어?

유미의 세포들 10

초판 1쇄 발행 2021년 5월 24일 **초판 6쇄 발행** 2023년 10월 31일

지은이 이동건
펴낸이 이승현

출판1 본부장 한수미
라이프 팀
디자인 함지현

펴낸곳 ㈜위즈덤하우스 **출판등록** 2000년 5월 23일 제13-1071호
주소 서울특별시 마포구 양화로 19 합정오피스빌딩 17층
전화 02) 2179-5600 **홈페이지** www.wisdomhouse.co.kr

ⓒ 이동건, 2021

ISBN 979-11-91583-48-9 04810
       979-11-91583-55-7 04810(세트)